김동률 시집
너는 사랑이어라

국립중앙도서관 출판시도서목록(CIP)

너는 사랑이어라 : 김동률 시집 / 지은이: 김동률.
-- 서울 : 한누리미디어, 2012
  p. ;   cm

ISBN 978-89-7969-435-2 03810 : ₩10000

한국현대시[韓國現代詩]

811.7-KDC5
895.715-DDC21   CIP2012005222

너와 나 맺은 이 인간의 정을 하늘에서 보고 '방연' 이라 이름 지었네.
우리 만남의 실매듭, 알 수 없는 고통과 두려움이 와도
처음 설레인 그 날을 상기하며 우리 둘 끝까지 이어보세나.

김동률 시집

너는 사랑이어라

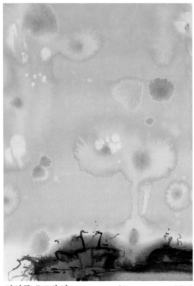

신석주 作/ 방연芳緣, watercolor on paper, 2010

한누리미디어

서시
― 業

꽃보라 속에서 처음 본 너
초록이 깊어지고
길을 잃었다.

그대 누구입니까?
어디로 가야 만날 수 있습니까?

찾아 헤맨 지 참 오래
거기 있을 거라고 생각했는데
없다 없어
아니 찾지를 못한다.

버릴까도 생각했다.
사랑, 그리움, 기다림, 그리고……
그런데
나를 놓아주지 않는구나.
업業이로구나.

더 찾아 떠나기로 한다.
새벽달을 따라

*****

'妄語重罪今日懺悔'
　－그동안의 詩 즉 낙서落書를 모으고 보니 참 부끄러워 참
회懺悔를 합니다.

9

　졸렬한 녀석들을 평해 주신 김광림 선생님께 감사의 인사
를 드리고, 아름다운 그림을 허락하신 신석주 화백, 출판을
도와준 한누리미디어 김재엽 사장에게도 고마움을 전합니
다. 그리고 늘 격려해 준 아내 사란과 아들 형준·민규에게
사랑을 전합니다.

는 사랑이어라

차례 Contents

1

그 날까지

2

산성에서

11

차례 Contents

3

시는 어디에 숨었을까

김동률 시집

4

고향 가는 길

5

네 가슴 비었거든

14

6

여름
어느아침

차례 Contents

7

떠나신 후

그 날까지

1

그 날까지

이승에서
다른 가지에 달리어
제 성城만 쌓다가
서로의 고치에서 실 뽑아
하나는 날올로
하나는 씨올 되어
정성을 다 모아
돌아보면
늘 빈 자리이던 곳
하늘에 이르를 탑塔을 쌓고
고운 날개 펄럭이며
하나만 되기로 했습니다.

푸르러운 새벽
이어도에
가는 그 날까지
서로 힘이 되기로 하였습니다.

들꽃

내 섰던 자리에
꽃이 피었으면
후미진 언덕
외로운 길가
가녀리고 서러운 향기
스스로 품어 낼
작은 들꽃이었으면

네가 떠나온 곳
천상의 노래가
여름 새벽 풀잎에 이슬인 양
아롱아롱 달려 있었으리라
지금 추억처럼 아련한 것을

내일 나는
참 좋은 나라로 떠나려 하지
오롯이 손 부여잡고
사랑과 더불어

너는 사랑이어라
– 아내가 부르는 노래

당신이 부르는 노래 안에서
나는 영혼마저 잠들고 싶어라.

안개꽃 송이 사이로
하염없이 쏟아져 내리는
부윰한 달빛 속에
꿈도 없는 포근함으로
그대 안에 머물면
나는 행복하여라.

빈 하늘 비잉 돌아서
나래 접고 사뿐히 내려앉아
푸릇한 아침 내음으로
속살거리는 멧새처럼
언제나 두근거리는
너는 사랑이어라

아아, 너는
미완의 가슴앓이
설레임으로 다가오는
영원한 그리움.

눈이 내리는 꿈

소설小雪, 눈이 내린다
그대 숨결처럼 포근한
시월 상달 열엿새 밤
달빛 어우러진 뜨락에
눈이 가득 내린다

별빛 수줍으라고
아래로 갓 씌운 장명등 여린 빛
떨어뜨릴 잎새조차 여의어
떨고 있는 어린 나무
까만 하늘, 사치스러운 백설의 군무
홀로 젖어든다.

아, 눈은 그렇게 내려야 한다
사랑에 빠진 사내의 눈 속에
오랜 꿈 잠재우듯
소리 없이 내려앉고
모닥불 붉은 헛바닥 사이로
한 해, 한 세기

22

재로 남아
그대 붉은 입술처럼 타오르거늘……

사랑하는 그대 젖가슴
달빛에 젖어 있는 것은
시월 보름달 고운 탓인 줄
하이얀 눈, 눈 없는 소설小雪에
달빛만 휘언하다.

그렇게 눈이라도
내려야 할 시월 상달 열엿새
내 안에 있는 그대.

붉은 실

해바라기가 친구 발가락에서
붉은 실을 보았지
그러나
그것은 붉은 색이 아니었어
해바라기의 마음이었지

하늘은 파란 색이 아니야
근데 우리는 파랗다고 해
물빛도 푸른 줄 아는데 검기도 하더라구
하늘의 뭉게구름 아름답다면
그대 마음자리 아름다운 거여

내 마음이 파랗고 빨간 것임을
우리는 모르지.
마음 끈 잡아 다스리면
빨강 파랑 분별 없어짐을
우리는 잊고 살지

사랑짓기

우리 사랑 깊이 누가 알까 보냐.
이제사 터져나오는 별들의 노래
둘 아닌 하나의
전설 만들기를 하며
나는 너에게
너는 나에게 나누는 영혼
천 년을 두어도 무너짐 없는
폭풍의 노호에도 흔들림 없는
이 시대 가장 빛나는 이름의
사랑탑 지으리라.
가슴 에이는 슬픔일랑
믿음 없는 이들의 몫으로 남겨두고
에허라
우리 가슴 속에 피어오르는 꽃불
어둠 속에 떠도는 그리움까지 거두어라.
살아 살아 숨쉬어라.
영토록…….

사랑해

햇살 투명하게
빛나는 날이거나
꽃보라 안개처럼
내려앉는 날이면
그대 생각만 하였네.

달빛 한 아름
별빛 한 소쿠리
그대 가슴에 안겨주고 싶었네.

비 오고 바람 불어도
그대, 그대만
곁에 있어 주시면
눈물나도록 행복할 거라네

사랑해 그대
세상 다하는 날까지
그대 사랑해

이제 날마다 날마다
달빛 한 아름
별빛 한 소쿠리
그대 가슴에 안겨주려네.

세월

어느 날
잠이 든 아내의 눈가에서
주름을 발견하였다.

휘청거리는 삶의 고단함을
시인의 아내라는
자존심 하나로
버티었는데
이제 그대도 늙어가는구나.

아이들 손 꼭 잡고
높디높은 언덕
많고 많은 계단을
씩씩하게 잘도 오르더니만
아직 고갯마루는 멀다.
가야 할 길이 남았다.

그런데, 아내는
함께 살아온 세월의 흔적을
눈가에 남겨놓았구나.

아내의 기쁨

나들이 나간 아내
기쁘게 해 줄 요량으로
쌀을 씻어 밥을 짓는다.
쌀알의 보오얀 살빛이 매혹적이다.
사글거리는 부딪힘, 그 감촉이 짜릿하다.
손등에 찰랑거리던 물이
잦아지는 소리에 나는 그만

‘아으으으’

돼지고기 한 근 떠다
먹다 둔 김치에 고추장 버무려
찌개라도 만들라치면
맛있다.
아내는 정말 기쁘다.

그런 날,
아내는 밤새 칭찬을 해 준다.

‘히히… 해해…’

어느 오후, 양수리

어디서 시작되었을까?

백두대간 깊디 깊은
어느 산골 옹달샘
서로 만나게 될 줄이야
흐르고 흘러
하나 될 줄이야

여름 팔당호는 바람 없어
물이랑도 일지 아니 하는데
호수 저 편 산 그림자의
비릿한 파문이 깊다
그리움이 깊은 그 자리

전생, 가엾은 사람아
우리들 업業은
도대체 얼마만큼의 두께이기에
나는 너에게
너는 나에게 무엇이었는가?

찻집 '억새풀' 따끈한 녹차 한 잔
시린 가슴 달래 보지만
너의 숨결은 남는다

아아, 나는 너를
사랑하고 있구나
너는 나의 모든 것이로구나
서로의 가슴 깊은 곳에
오래 남을 화인火印
그 무엇으로도 지우지 못할
흔적이겠구나

호수에 내리는 비

비가 내린다.

호수는 속살을 드러내고
온몸을 맡겨 버렸다.
손가락보다 굵은 빗줄기가
내려꽂히는 자리마다
물보라가 하얗게 일고 있다.

섬이 되어 버린
언덕 위 작은 술집에서
가슴 시린 두 사람
빈 잔에 술을 채우고,
사랑을 채운다.

섬광이 현란한 조명으로
술잔에 어른거리면
축포처럼 터지는 뇌성,
사랑으로 떨고 있는 사람들의 가슴엔
불꽃이 일렁인다.

비가 멈추고
호수 건너 산빛이 더 푸르다.

추억처럼

도시 골목 어느 모퉁이에
초사흘 달이 초라하게 걸려 있었다
널따란 담벼락에
삐뚤빼뚤
'누구는 누구를 좋아한대요'
낙서 아닌 낙서가
가슴에 닿는 날
우리는 천상 시인이 되고 만다
사랑을 앓는 사람들
모두 시인이 된다.

훌쩍 커 버린 아이들 보며
아직도 더 자라야 할
늙은 청춘의 한 때를 바라다본다.
달빛보다 더 희미한 가로등 아래
우리네 옛사랑이
추억처럼 걸려 있다.

신석주 作/ 行遠自邇, 봄의 출발/ 53×33.3Cm, Watercolor on paper, 2011

그림설명

긴 겨울의 옷을 벗는다. 추웠던 날씨예보도 수많은 아픔의 사연도 옷장에 털어 가둬 버린다. 간밤에 보았던 '장자지몽' 같은 나를 닮은 짐승이 자꾸만 꿈틀거린다. 날아 가자, 날아가자, 이제 새로운 저 하늘을 향해 벅찬 가슴을 안고 우리 모두 날아가자.

2

산성에서

강 건너

– 오두산에서

손짓하면 닿는 땅
은밀한 속삭임조차
들릴 수 있는 거리.
조금만 더 가면
우리는 하나인데
아직도 못 건너는 강을
물새 한 마리
날~
~고
~~ 있다.

경고

오존 지수
위험치
그대 지수
말할 수 없음
국가기관 경보 없음

들꽃
시들고 있음
섭씨 33.3도
물이 필요함

내가마시는술잔속에모두담아야할
탁하고맑은가증스런위선나는나를
언도하지만끝내숨쉬는이비겁함에
아침은두렵고태양보다무거운하루
혁명의세월은잔인한마술1234치사
하고더러운그러나보이지않아더아
프기에너에게로가는지독한그리움

귀한 나귀

내 아이는
걸음마 연습 위해서,
튼튼한 다리 힘을 기르려,
걸리고

새미는
방에서만 자란
귀하신 몸이시라
안고 간다네.

밥 따로 국 따로
우유 목욕에 향수 바르고
침대에서만 자는
새미는
값도 비싼 푸들 당나귀.

40

대~한민국

간 밤 대~한민국이 넘어뜨린 교실
수
너
졌
무.
아이들은
두 시의 표현 기법,
동명사의관용표현, 수열의극한값 따위
도대체 관심이 없다.
대~한민국이니까

유월
온 도시가 술렁거린다.
질식하던 골목 술집은 불을 환히 밝히고
용감한 닭들은 기름 가마에 순교되고
환호와 탄식이
싱싱하게 살아 튀는
붉은 대~한민국의 오밤중

41

너는 사랑이어라

소나기가 찌든 도시를 훑고 간 아침
한 아이가 창밖을 가리키며
'선생님, 하늘이 정말 파래요.'
하나 둘 셋… 일곱 여덟 아홉.
고개를 들어 내다보는 여름 하늘이
옛날처럼 푸르다.

부둥켜안고 빙빙 돌며
은밀한 즐거움에 더해지는
오, 이 짜릿함!
죽어버린 사람들과
죽어가는 생명들의 이야기는
오직 그들만의 업보
신문과 방송은 철저히 숨겨두어야만 한다.
광장은 대~한민국이니까

42

애들아,
함께 외쳐 보련?
저 들판의 어린 들꽃

저 강가의 어린 고기도 모여
저 숲속의 풀벌레들까지 모두 모두 모여
대~한 민국 대~한 민국 대대대~한한한~민국

도시 풍경

하늘이 비스듬히 내려앉은
도시 한가운데

간 밤 휘황한 꿈으로
극심한 조갈에 몸부림치는 거리
여인의 몸에선
황홀한 패혈증이 도지고
서울특별시 도시 미화원은
토악질한 새벽을
쓸어담고 있다.

아황산가스가 묻어나는
궁궐의 추녀
홀로 외로운 비선飛仙
쳐다보고
굽어보고
서러운 미명未明
손 끝에 흐르는
푸른 체온을 확인하고 싶다.

44

가슴이 시린
천형天刑의 시인詩人
아스콘 바닥에 비문碑文을 새기고
현기증을 다스리며
콜·
　아·
　　앉·
　　　다.

그래도,
천년의 투명한 햇살
또 하루
열고 있다.

독감

이름도 낯선 외제 바이러스
몸뚱어리 여기 저기
헤집고 다니고 있다.
벌겋게 달아오른 볼따구니
퀭한 눈두덩 부스스한 머리칼
거울 속 사내는
오래 중병을 앓고 있다.

사십 도를 오르내리는 고열
나락으로 침몰하며
한없이 허우적거리다가
비명소리에 소스라쳐 일어나면
무거운 어둠이 온몸을 짓누르고 있다.
여전히

혼몽 가운데
빛살 하나 귓가에 내려앉고
식은땀으로 젖어버린 자리에 쪼그리고 앉아
담배 하나 꺼내 물고

쿨럭쿨럭 쿠울럭 찢어지는 가슴
고통의 바다를 자맥질한다.

세상이 살기 어렵다는데
독감마저 횡행하여 더욱 힘든 요즈음
존재의 의미는
어디서부터 풀어낼까.
너는 어디에 있는가.

뷔페의 평화

임금님 수라상보다 풍성하여
이름조차 낯선 음식 더미
나는 접시 하나 달랑 들고
허둥거리다 문득,
보리밥에 열무김치 몇 조각 담아
돌아옵니다. 내 자리로

"아가, 뛰지 마라. 배 꺼징께"
할매 말은 늘 그래도, 우리는
언제나 먹을 것을 찾았습니다.
탐욕스런 눈빛 두리번거리며

학교에서 예쁜 여선생님이 떠 주시던
누런 옥수수죽 한 그릇
악수하는 그림 그려진 봉투에서 꺼내 준
딱딱한 우유 덩어리는
세상에서 가장 맛난 음식입니다.

오늘 아침, 『지구촌 소식』의
소말리아 그림에는
퀭한 눈자위와 입가에, 파리가
덕지덕지 붙은 애기가
울지도 못하고 있습니다.

그리고 이 평화로운 저녁에
배가 부르고 느는 몸무게 걱정되어
다 먹지 않는 산해진미
내일 아침에는
분리수거됩니다.

산성山城에 서서

솔바람이 머무는 산정에서
어제를 돌아본다.

이끼 서린 성벽의 틈으로
역사는 사라지고
애오라지
선홍빛 소리 없는 함성만 남아
언덕을 지키고 있다.

이태원에 떠돌고
영동 거리에 춤추고
안방에서 소리 지르며
바다 저 편의 것들에 혼 놓아버린
얼빠진 자손들은
아직 부끄럼을 모른다.

그대
희부윰한 물안개 피어 오르는
골짜기 솔 숲 사이에
오늘을 묻고
눈을 들어 내일 보려마.

수인산성

이름조차 잊혀진
수인산에 봄은 아직 멀다.

우거진 수풀 헤치고
오르던 산길에
천만 년 오래 갈 거라던
산성이 무너져 내리고 있다.

성벽 아래
그 무엇을 위하여
등성이까지 돌덩이 지고 나른
가난한 백성들 눈물과 땀이
세월 속에 함께 묻혀 있다.

수인산에서 무너져 내리는 것은
산성이 아니라
우리들 가슴이었음을,
잔설 속에 봄을 기다리는
키 작은 철쭉나무의
붉은 소망을 눈치 챈 것은,
장흥 지나 강진 앞바다에서였다.

어떤 가난

나는 참 행복하다.

공직자 재산 공개가 실시되더라도 아무 걱정이 없다. 누가
나에게 청탁 넣으며 안주머니 깊숙이 봉투를 찔러 주지도 않
고, 아내 이름으로나 자식 명의로 감춰 둔 부동산은 물론이
거니와, 조상님들이 물려 준 산자락 한 모퉁이도 없으며, 호
화 별장은 말할 것도 없고, 송곳 꽂을 땅뙈기는커녕 내 이름
석 자로 등기된 변변한 집 한 칸도 갖지 않았다. 그러므로 나
는 재산 공개를 할 필요가 없다.
이런 나를 두고 아내는 푼수라고 칭찬한다.

나는 참 행복하다.

금융실명제가 아무리 실시되더라도 조금도 걱정이 안 된다.
우리나라 대통령이 '가진 자'는 고통스럽고, '없는 자'가 불
편하지 않는 나라를 만드시는 까닭에, 사채 시장에서 돈을
빌어다 부도 막을 회사를 갖지 않았고, 담보 내걸고 문턱 높
은 은행에서 대출을 구걸하지 않아도 좋으며, 사원 명의로
비자금을 수억 원 맡긴 탓에 법정 싸움에 골치 않을 필요가

52

없고, 자금 출처를 조사당할 일도 없으며, 가명 예금을 실명
으로 전환하러 복잡한 은행에 가서 눈치 안 봐도 된다.
이런 나를 두고 사람들은 얼간이라고 칭찬한다.

나는 참 행복하다.

올해 같은 기상 이변의 흉년에도 나는 아무 걱정이 없다. '신
토불이身土不二'를 부르짖는 훌륭한 분이 계시대서, 내가 지
독한 농약 냄새를 맡으며 땀 흘릴 필요가 없고, 저온 현상으
로 수확이 준다고 하늘 쳐다보며 한숨지을 일이 없으며, 농
약 대금 비료 대금으로 밀린 농협 빚은 더더욱 없으니 좋고,
우루과이 라운드다 뭐다 해서 쌀 수입 문제로 근심할 일이
없으며, 중국산 수입 참깨나 수입 감자 때문에 값싼 농산물
이 시장에 풍성해 내 작은 돈으로도 우리 집 식탁은 넉넉할
수 있다.
이런 나를 두고 가족들은 바보라고 칭찬한다.

나는 가난하다.
고로 행복하다.

너는 사랑이어라

즐거운 아침

작은 새 한 마리
깃을 털며 새벽을 열고 있는
겨울 소나무 숲 속
아침 기운이 상쾌하다.

어둠은 정복자인 양
양양하게 밀려왔다가
마침내 상처를 남기고 떠났다.
그 상처 미처 아물기도 전
총부리 마주 겨누어
나락에 빠져 버렸던
지독한 절망의 순간이 있었다.

현란한 무도회장에서 젊은 그들은
차고 넘치는 풍요와 비릿한 욕정으로
함께 어우러져 빈곤을 잊었는데
노인은 골목 귀퉁이 잔설 가운데서
박스를 풀어 헤치고 있다.
세상은 한바탕
화려한 꿈을 꾸고 있는지도 모를 일이다.

길은 멀다. 그러나
예서 머무를 수 없기에
새로 떠오르는 해를 바라보며
뜨거운 가슴 앞에
파란 정맥 훤히 드러난 손 모아
합장을 한다.

이제 우리들 차례이다.
욕망은 사막 가운데 묻어두고
서로 형제가 되어야 한다.
하여 네가 나를 용서하고
내가 너를 사랑하여
하나 되어야 한다.

바다가 보이는 언덕
소나무 숲 속에서
투명한 햇살 온몸 가득 안고
차오르는 어린 새의 날갯짓
즐거운 아침을 소망한다.

(「종교신문」 2004 신년시)

안개 속에서

가도못하고
오도못하고
갇혀버렸다
젖빛가슴에
손을저으면
흩어지려다가
다시묻어난다
그것은분명한암시

너와 나는
이 밀림 속에서
그렇게 만나고 다시 갈린다.

3

시는 어디에 숨었을까

겨울 편지 · 1
– 기다림

오래 전
눈 덮인 하얀 성에
갇히고 싶었던 적…

어제 밤 꿈
창 밖에 눈 내려
백설의 벌판 아득하고
통나무집 톱밥 난로에서는
그대에게 드리려는 찻물 끓어

창 밖의 눈 보고
창 안의 눈 보고

투명한 유리컵에 장미 한 송이
더욱 뜨거워
떨림으로 가늘어진 손
꼬옥 쥐어본다

58

| 김동률 시집

눈 덮인 성에
함께 갇히고 싶었던 날
아직도 기다림…

창 안의 눈 보고
창 밖의 눈 보고

겨울 편지 · 2
  - 空

기다려도
그대오시
지않아가
슴아린밤

그립고
아쉬워
서늘한

겨울
바람

◯쵸

김동률 시집

겨울 편지 · 3
– 나는 소망한다

겨울은 가슴 속에

눈을 품은 채

동구 밖에서만 서성이고 있다

나는 오늘도 꿈을 꾸고 있다

밤새 눈이 내려

순결한 아침이 오면

그대 정성으로 달이시는 연차蓮茶

그윽한 향 더불어

사랑 나누고 싶다

하여 세밑의 이 밤

눈 내리시기를 소망한다

내 작은 바람
− 새해 아침에

어딘가에서 전해지는 아픔들
절망하지 말라고 위로하며
가슴으로 보듬고 함께 다독이는
부드러움이 내 안에 가득한
사람이 되었으면 한다.

미명을 털어내고
진홍빛 햇살 온 세상 밝히듯
내 안에 세상을 향한 작은 빛살
씨알 되어 너와 나
함께 기쁨 나눌 줄 아는
사람이 되었으면 한다.

아파서 우는 사람들
배고파 우는 사람들
배신으로 서러운 사람들
사랑을 잃고 우는 사람들
미움과 원망으로 가득한 사람들
그들에게 몸으로 다가서는

62

사람이 되었으면 한다.

내가 나에게 자비한 것만큼
내가 나를 용서하는 크기만큼
그만한 크기로
나도 남을 용서하고
나도 남에게 너그러운 그런
사람이 되었으면 한다.

올 한 해
진실한 친구
사랑하고 싶은 이웃
마음이 아름다운 사람
누구나 바라보며 미소 짓는
그런 사람이 되었으면 한다.

빈 배

가을 끝자락
황혼이 머무는 강가에
빈 배
세월은 저만큼 흘러 흘러가고

아릿하게 저며오는
오랜 가슴앓이

늙은 고기잡이
빈 어망에
그리움이 가득하다.

나는
어디서 와서 어디로 가는 걸까?

새벽 꿈

새벽 꿈
가을비에 젖은 나래를 털고
작은 새 한 마리
날아갔다.
초록이 지고 있는 숲으로

치솟던 욕망의 여름
허망으로 무너져 내리는
꿈에서 깨어 기지개를 켜고
나도 간다, 도시의 정글로

떠나버린 사람들
'보고 싶다' 는 정도로 얼버무리며
우산을 펼치고
가을비 오는 아침에
씩씩하게 간다.

섬 · 1
– 추락

시원始原의 때
격렬한 몸부림 있고 나서
황홀한 오르가즘
너는 그렇게 모습을 드러내었다

희디 흰 속살
아직 남은 흔적 눈부서
고개 돌려 먼 수평선 향하면
극심한 외로움에 빠져
너는 헤매고 있다

지난 밤, 꿈 속
이카루스의 끝없는 추락
허우적거리던 너
다이달로스의 품에서 암회색 달을 품고
비로소 자유 얻다

섬 · 2
– 실종

극심한 두통
흔들리는 이 아침
시詩는 어디에 숨어있을까.

바다로 가고 싶다.
나는 네가 아니어도 좋다
네가 내가 아니었던 것처럼.
만나고 헤어져 돌아서는 네 어깨에
진하게 묻어나던 외로움
아, 아픈 흔적이로구나.

바다로 가고 싶다.
너를 찾아 떠나려 하는데
너는 그 곳에 없다.
아득한 수평선 밖에서
깊이를 알지 못하여
허우적거리다 잠이 드는
너는 나의 아가雅歌이다.

바다로 가고 싶다.
이제 사랑은 시작되는가.
두려움에 떨며 너를 생각하다
나는 섬이 되었다.
그리고 누구도 지우지 못할 화인으로
너를 새긴다.

바다로 가야 한다.
또 다시 외로운 어깨를 떨며 소주 한 잔
출렁대는 뱃전에서
너를 안아야겠다.
세월만큼 진하게 배인 고독
아무도 거스를 수 없는 너는
구름이 되었다. 그리고 나는
네 앞에 무릎을 꿇는다.

섬 · 3
－ 미련

떠나야 하는가
아스라이 먼 그 곳
그대 기억 두고만 갈 수 없기에
더욱 무거운 발길

오늘 다시 예전처럼
한 번…
단 한 번만이라도
안 · 고 · 싶 · 다

그대 보오얀 젖가슴
돌아가는 길목에서
그대 향기에 젖어
발길 돌려 다시 만날 수만 있다면

모니터를 가득 채웠던
허무는 포말로 남고
전원을 내리고 파도 위에 누워도
그대 아직 저 바다에 맴돌고 있구나.

보 · 고 · 싶 · 다……

섬 · 4
－ 유혹

가을 바다에서
너는 이름조차 희미하다.

작아서 더 요란한 떨림
발바닥 거슬러 가슴 그리고
온몸으로 퍼져 오르는
고물에 서면
포말로 남는 흔적
배설의 욕구 느낀다.

나는 음모를 꿈꾸고
시퍼런 전율에 온몸
던지고 싶어진다.
동지나해에 추락한 패러슈트처럼

가을 그 바다에
섬이 떠 있다.
해풍에 젖어 쿨럭거리면서
못 견디는 그리움으로

이름, 그 낯설음

나는 누구인가
그대 나를 무엇이라 부르는가

한밤에 걸려 온 전화
김 아무개를 찾는다
사람들은 나를 부르기를
아무개라고 부른다
40여 년이 훨씬 넘게 불려 왔는데
아직도 낯설다
그 이유를 모르겠다

김 아무개보다
송구스러운 '慧光' 이 좋은 까닭은
향내가 나기 때문일까
존재하지 않는 공간
'섬' 은 세월 거슬러
먼 바다로 떠간다

언제쯤이나
김 아무개가 익숙해 질까

태기산

태기산 무너진 성터에서
내 그리움의 정체 알지 못하여
흔들리는 여름 밤
골짜기 솔바람에 묻혀
천천히 취하였던 것은
빈 가슴 때문이다.

돌아갈 수 없기에
밤새 울어대는 물소리
한 세상 단 하루만이라도
온전히 그대 곁에 머물고 싶다면
부질없는 욕심일까
이미 정해진 길
술잔에 채우는 것은 안타까움이다.

알 수 없는 무엇
하도 허망하여
가슴 쓸고 눈 부릅떠 보지만
결국 홀로 안고 가야만 한다.

흰 구름 향해 웃으며

오래 머물러야 할 곳
미처 알지 못하더라도
바람 손짓대로 물이랑 그림자 따라
또 하루 살아간다.
부질없는 꿈 끌어안고

신석주 作/ 鶴首苦待, 기다림/ 53×72.7Cm, Watercolor on paper, 2011

그림설명
사람들이 마이산을 보고 와 모두들 즐거이 이야기를 한다. 그 얘기 들었더니 산 봉우리가 이
렇게 둘이란다. 난, 그 이야기 속에 내 사랑을 심어 넣어 두 봉우리 가운데 우리의 마음을 그
려 놓고 바다도 없는 공간에서 난 또 한 마리 학이 되어 그대를 기다린다고 억~억 어느새 울
고 있다.

4

고향 가는 길

고향 · 1
– 봄날 풍경

나물을 다듬는 소녀의 하이얀 손끝에
파아랗게 피어 오르는 봄
아버지는 논에 나가 모를 뽑아 올리고
어머니는 텃밭에 고추 모종 옮기고
삽살이마저 복순이[1] 따라간
정지[2] 앞 안마당에
햇살만 숨죽인 채 맴을 돈다.

건넌말[3] 이장댁 둘째 아들
살구꽃 피면 온다더니…

오늘은 어제 같지만
어제는 오늘이라
흙냄새 풀썩거리는
길을 따라 달려가면
아직 남아 있는
고향, 고… 향…

1) 개 이름
2) 부엌의 사투리
3) 건너 마을

76

고향 · 2
– 서울로 가는 순이네

윗배미 열두 마지기
상답上畓 버려두고 순이네
서울로 간다더라.

이 여름내 땀으로 멱감고
양수기로 퍼 올려도
해오라기도 찾지 않는
갈라진 논바닥

캘리포니아 쌀 먹는 댁에
파출부라도 나가
자식 농사라도
자알 지어야지.

농약내 어지럼증보다야
자동차 꽁무니 매연이
하마 낫겠지.
비닐하우스 살다 재수 좋으면
머리띠 두르고

임대 아파트라도 얻어 살고.

두고 온 논배미
관광단지라도 될라치면
김 한 번 안 매도 일확천금 거머쥐고
땅땅거리며 살 수 있겠지.

순이네
아랫배미 서 마지기
어린 모만 남겨두고
서울로 간다네.
자알 살러 간다네.

고향 · 3
– 고향 가는 길

고향
가는
길
한가위 달빛 밝기도 하다

할아버지께서 당부하신 선산
바로 그 아래 논배미 팔아
서울살이 일곱 해 여섯 달.

월셋방에
아내와 어린 아들 태우고
그래도 이만하면……
어깨춤에 바람 담고
고향가는고속도로기어간다.

고향 · 4
– 가을 나들이

어머니 누워 계신
공원묘지 가는 들길에
당신 손자들이 달려갑니다.

알 바 없습니다. 아이들은,
간 밤, 술잔에 넘치던
애비네 세상살이
한여름 땡볕으로 익어 온 벼이삭의
가벼운 추곡 수매가를

하늘빛 그대로 마알간
바람 내음
길섶에서 주운 상수리 열매 한 알과
논둑에 홀로 선 노오란 달맞이꽃
그리고 도깨비 풀씨가
즐겁기만 합니다. 아이들은

얼굴도 모르는 할머니 산소에
이름 모를 들꽃 꽂아 놓고

절을 합니다. 아이들은
즐거우시지요? 어머니
어…머…니…

아이들 몰래 쳐다보는 하늘에
구름 한 덩이 무심히
흘러갑니다.

너는 사랑이어라

고향 · 5
― 고동의 노래

시장 모퉁이에서
머리 하이얀 할머니
고향을 팔고 있다.

배 고프던 날
갯가에서 줍던 고동
햄버거 집 건너편 좌판 양푼에서
그리움을 모락모락
하늘로 피어 올린다.

한 줌 고동 속에 넘실대는 파도와
어머니 젖가슴처럼 보드라운
개펄이 아련하다.
심심풀이 주전부리만은 아니었던
유년의 모습은
빛 바랜 사진이다.

무지개 빛 황홀한
기름 바다에서

숨차는 고동의 노래

아이야
대청 마루 틈새마다 끼어 있던
짭조롬한 바다의 노래
너 부르려나.

고향 · 6
- 우리 동네 칠성이

딸만 여섯 둔
웃말 순이네 어매
백일 치성 온갖 정성 다해
태어난 칠성이

대봉 할매는
삼신할미 공덕으로 세상 구경했으니
오래 살 거라 했네.

돌배네 할아버지
나락 서 되 아니더라도,
흙 퍼 먹고 황달 걸린 칠성이
첩약 한 재 지어 먹이고.

대수롭지 않다고 버려둔 고뿔,
약방하는 김 주사 둘째 딸
가난한 집 귀한 아들 큰 병 되면 어쩌나?
기침 감기약 그냥 지어 먹였네.

84

예전에
우리 고향 사람들
그렇게 칠성이 키웠는데
그런데
요즘은 문 닫아 걸고
서로 싸운다.

그렇게 키울
칠성이가 없어서일까?

고향 · 7
– 가을 들판에서

        1
찌는 더위 없이
건너 뛴 올 여름,
패지 않는 벼 이삭에
한숨이 깊다.

고추는 빨갛게 익지 않고,
콩은 쭉정이만 남고
참깨는 줄기 마르고
이파리는 썩어

서울 사는 큰 아들네
올 가을 양념은 그만두고라도
종잣값도 못 건지겠다.
이대로 가다간

        2
계절을 착각한 사과
채 자라지도 않고 붉게 익더니만

86

| 김동률 시집

포도는 알이 터지고

더울 때 더워야
추울 때 추워야 하는데
하느님은 계절도 잊으셨나 보다.
세상 돌아가는 꼴이
요지경이라.

여기도 억億
저기서도 억億
신문도 텔레비전도 모두 억, 억, 억,
우리 같은 농투산이 어찌 살라고
하늘만 쳐다보다
억.
어 ─ ㄱ.
어 ─ 어 ─ 억.

고향 · 8
− 거북아 거북아

우리 동네 이씨는
조상 대대로 살아오던 집
버리고, 서울로 갔다가
일년 반만에
못 살고 되돌아 왔다.

집세는 턱 없이 오르기만 하고
푸성귀 한 줌도 사 먹으려니
돈 아까워 못 살겠더란다.
배운 도둑질도 땅 파먹던 재주뿐이고

새마을 운동 바람에
슬레이트 지붕 얹고
변소 개량도 했는데
새 집은 말할 것도 없고
헌 집도 고쳐 짓지 못하게 하는
그린벨트는
어느 시러배 아들놈 머리띠인지
우리 동네 사람들 허리띠만

조인다.

그래서 이씨는
외양간 한 귀퉁이 벽을 쌓고
부엌 하나 방 하나 들여
누렁이와 더불어 산다.
늙은 부모 모시고

고향 · 9

– 심 서방 까치집

고개 너머 이웃 마을은
수풀이 울창해서
높으나 높으신 양반들 건강 위해
만드신 골프장에
빤지르르한 검은 세단
소리도 없이 미끄러져 가는데,

소작농 석삼년에다
품 팔아서 장만한 무논 서 마지기
심 서방은 나이 육십에
허리도 휘고 알콜 중독으로 폐인 되어
죽을 날만 기다린다.

동구 앞 미루나무 위에 사는 까치도
비바람에 낡은 둥지 버리고
새 둥지 트는데
그린벨트 안, 다 허물어진 오두막에서
심 서방은 혼자 산다.

논 팔고 밭 팔아
대처로 가 살재도
누가 사 주지도 않는다.

고향 · 10

- 명절 단상

따가운 햇살 머물다 간
고즈넉한 고샅길
잦아지는 여름 끝자락
매미 소리 힘겹다.

전혀 알아들을 수 없는 소리만
웅얼거리는 손자
새카만 자가용 타고 오는 아들
속살 훤히 비쳐 남세스런 며느리
올해도 길 막혀 못 오고
비행기 타고 여름 찾아가는 명절

깨알 같은 문자
눈 비비고 보던 날
꿈에 보았다.
보고 싶은 아들 내외와 손주를
그래서 고마운 늙은이들은
푸르고 붉은 고추 따며
택배 보낼 마음으로 흐뭇하다.

92

오늘 밤
휘영청 보름달이 문창호지 적시면
귀뚜라미 흥겨운 노랫가락에
그리움이 잘도 익어간다.

고향 · 11

– 축제

축제가 시작되었다.
개갱개갱 갱갱갱
상쇠 앞세우고 더덩실 장고춤
둥둥 북잽이 신명
한바탕 굿이다.

눅진한 바람
함성 사이로 무너지면
마당 가득 널린
햇살도 넉넉한 오후
아이들은 덩달아 신이 나고
새악시 볼에 번지는 가을은
발갛게 익어간다

사랑하는 사람도
미워하는 사람도 없이
너도 나도 하나 되어지는
초가을 아우성
어우러져 천만년 살고지고

어깨춤 설렁설렁
더덩더덩 덩덕기

살다 보면 이런 날도 있어야지
그냥그냥 흥겨운 날도 있어야지

고향 · 12
– 서낭당에서

무슨 한이 그리도 많은지
왼새끼줄로 칭칭
동여
매
고

설레설레
휘늘어진 오색 줄에
설움이 마디로
맺
혀
있다.

비나이다.
비나이다.
돌모루 늙은 만신 비나리에
오백 년 묵은 서낭신
가지를 흔든다.

김동률 시집

5

네 가슴 비었거든

가을 병상

창 너머로
그리움이 섬 되어
떠다니는 하늘
눈 시리게 바라보다
가슴 저리는 오후

도져 버린 가을 병
처방전이 없다.
파업을 선언한 의사보다
매정한 네가 치료해야 한다.

너마저 손들어 버리면
어느 산기슭
들꽃 시든 언덕에
벌레처럼 숨죽이고
지내가야 할 것을

가을이다.
처방전 없기에
약조차 살 수 없는
중병 앓는 무서운 계절

가을앓이

사람들이
사랑을 하는 사람들이
가을, 가을을 앓고 있다.

은밀한 유혹
가슴에 담아두고
안개 자욱한 낙엽 길 언덕에서
이 가을 속으로
나는 너를 보듬어 무너지고 싶다.

어디로든 떠가야만 한다
시월이 다 가기 전
계수나무 금빛 노을이 다 지기 전에
그리운 너와 함께

꽃이 지는 날

꽃이 지길래
그대 함께 떠난 줄 알았다.
한 잎 또 한 잎
서러운 앵혈
그리움으로 남을 줄 알았다.

떨어진 꽃잎 서러워
쓸어 버리지 못하는데
정작 쌓이는 것은
가슴에 붉은 멍울이다.

초록이 무성한 산그늘
숲 가장자리 오솔길
밟혀도 일어서는
풀꽃 더미에서
만나는 너 그리고 나

네 가슴 비었거든

네 가슴 비었거든
내 가슴으로 채워야 한다

살다 보면 허무한 날
초록이 무너지는
포플러 잎새 사이
잿빛 나지막한 하늘
가을비라도 내릴 양이면
너, 빈 가슴의 통증 다스리겠지
산다는 것은 죽어가는 것이라던
통속적인 진실은 접어두고
어제 낡은 책갈피에 끼워둔
오래된 내일
오늘 내 손에서 힘없이 부스러지면
너, 허전하여 온 밤
헤매일 것을
나는 안다.

102

내 가슴 비었던 때
너로 하여 채웠던 것처럼
나는 이제
네 안으로 들어가
하나가 되어야 한다.

노을

온 하루 그리움,
퍼렇게 멍들어 버린 속살에
뜨겁게 입맞추고
선홍 칸나 꽃빛으로 태우더니
우리는 헤어져야 한다

남은 것은 없다
비어 버린 모래밭
미처 다스리지 못하는
욕망의 잔해 지우지 못하여
여기 혼자 남는다
손 흔들어 떠나보내고
나는 바라보고만 있어야 한다

별이 쏟아지고
먼 바다 해풍에
찰랑이는 맑은 소주잔
비우고 비우고 비운 후
밤새 앓고 나서

돌아올 너를 기다린다

초사흘 새벽달 길을 잡아
농염한 안개 사이로
넉넉하게 웃음 지으며
손 잡아주는 꿈을 꾼다

또 다른 이별

가는가 보다
떠나는가 보다
그다지 멀리 가는 거 아닌데
그렇게 멀리 떠나는 거 아닌데

안개비가 하얗게 내리시는 날이면
창가에 턱 고이고 다소곳이 앉았을
그대
눈에 선하다

그리운 날에
찾아 가보려 하니
너무 먼 듯
뒷산에 올라
연보랏빛 도라지꽃
나비 함께 놀다가
서녘으로 떠가는
구름 바라본다

106

김동률 시집

가는가 보다
떠나는가 보다
그래도 만날 수 있을 거다.
마음 한 자리에 모이면…

삼월에 내리는 비

보이지 않는
너로 인하여
절망은 예리한 칼날인 듯
어디에 있는가

아프도록 고개 젖혀
바라보던 하늘
셀 수 없는 별무리 가운데
거기 있을 텐데
나는 너를 보지 못한다

어느 병원, 하얀 병동 안
누구는 죽어가고
누군가는 삶을 열망하며
통증 다스리는데
살갗을 파고드는 불안한 즐거움
은밀함의 도착 속에도
너는 없다

108

헤어져 돌아가는 지하철
밤보다 까만 유리창 밖
켜켜이 먼지 앉은 〈명시감상〉
널 찾아보지만
너는 그 곳에도 없다

삼월의 비가
사월의 숨 고르는 백목련 눈을 적시고
분홍빛 속살 드러낸
대지의 가슴을 채운다
마침내 너를 적시고 채운다.

나는 비로소
보이지 않는 너를 본다
터질 듯 밀려오는

어떤 사랑

− 어린 왕자

그대 떠난 황폐한 공간에
'죽을 때까지… 아마도…'
떨림으로 남았다

우리는 모두 죽는다

죽음보다 더 두려운 것은
살아야 할 의미를 갖지 못하는 것
페시미스트의 비명 아니더라도
눈짓으로도 남지 못하는
하늘이 어룽거린다.

밤이 아름다운 까닭은
수만 광년의 거리로부터
찾아와 온몸으로 부딪던 너의 빛
그 청량함이다.

우리는 잊지 못할 거다.
꽃이 지고, 사랑이 가고

김동률 시집

상심한 우리들 가슴에
날카로운 파편은 푸른빛 통증으로
오래 남을 거다

이제 잠이 들고
아침에 깨어 눈을 뜨면
나는 또 다른 별에서
다시 너를 기다려야 한다.

오색 사랑

멀고 멀어
하도 멀어 알 수 없는 길
홀로 가는 산모롱에
너도 나도
우리가 없더란다.

애들아, 오너라.
달맞이 가자.
동산東山에 떠오는 달 바라
빌던 손가락 틈 사이
그대 사랑은 그 쯤에

너는 너,
나는 나가 아니다.
너와 나는 우리다.
우리는
한 꿈
한 사랑

천만 년 한 세월로 살아지고자
사람들 곁에
함께 서 있어야 한다.

꽃보라 화안한 사이로
오색의 뭉게구름
착한 너희들 싸고 피어오르는구나.
애들아,
비취빛 푸른 바람 벗을 삼아
자— 알 살렴.

오후, 어떤 그리움

보고픈 사람
그리운 사람

일요일 오후 빈 사무실에서
그대 생각
어디서라도 우연히
만나기라도 할라치면
반가와 얼싸안고 어깨 토닥이고 싶은
그대, 오늘은 어디에서도 보이지 않는다.

내가 선 이 자리
적막 가운데 오래 된 괘종시계 숨소리뿐
나는 기억한다.
그대 뜨거운 숨
그대 아릿한 입술
그대 연분홍 젖꽃판

숨소리조차 버거운 오후
억겁 인연의 사슬이라

먼 날 바람처럼 스쳐 지나더라도
포올~ 폴
그대 가슴에 남고 싶다. 풀꽃씨 하나로

편지 · 1

여가수 Susan이 보낸
20여년 훌쩍 너머 배달된 편지
눈물이 어룽져 있다.

봄이라지만
아직 차가운 바람이
빈 가슴 헤집고 나면
그대는 안타까움으로 남는다.

무엇으로 살까
누구를 바라보아야 하는가.
답 없는 답을
너는 알고 있다.

오늘 그녀의 편지 제목은
Evergreen이다
나는 중얼중얼
사연을 외우고
어느새 향은 다 타버리고

식은 커피가 쓰다.

바다가 그립다
그리고 네가 그립다

편지 · 2

잘 지내는지
궁금하다

떠난 후 온 밤을 앓았다
그렇게 서둘러 가야 했는지
묻고 싶었다

잘 도착했으리라 믿는다
믿음은 가장 소중한
우리들 추억이었다

지금 어디쯤에선가
나를 보고 있을 거라 여기며
통증 다스린다
텅 빈 바닷가에 혼자 남아서

얼마 있으면
나도 돌아가야 한다
그 때 이런 편지마저

다시 쓸 수 없겠지

잘 지내라느니
건강하라느니 하는
일상적 인사는 접어둔다
언제나 함께 있으므로

불면

그림을 그리고 싶었다.
용감하게 붓을 들었는데
화폭에 남은 것은
일그러진 자화상
생각처럼 마음먹은 대로
그려지지 않는 하늘 빛 수채화는
꿈이었을까

먹물 같은 밤바다 유영하는
눈부신 불면
도시 한 모퉁이 불쌍한 새벽닭이
기지개를 켜다 말고
아침을 쪼아낸다

120

신석주 作/ 燈火可親, 가을이 오면/ 35×53Cm, Watercolor on paper, 2011

그림설명
잠자리도 아닌 것이 나비도 아닌 것이 무슨 사연이 그리도 많아 떠나지 못하는가.
하늘이 변하고 땅의 기운이 변하니 그 사연 뒤로 한 채 님의 얼굴 그리며 등불 아래
지난날을 그리워 한다.
                                                        ⓒ 신석주, 2012

6

여름 어느아침

가을 신 새벽

새벽 강변도로
주홍빛 가로등 사열 받노라니
안개 속에 가을은 축복처럼 내려앉았다.

찰랑거리는 맑은 술잔에
구월 열닷새 보름달을 풀어내어
함께 마시고 그저 취하고 만다.
그리고 나는
네 여린 어깨에 기대어 숨죽이며
네 입술에 묻어나는
달빛을 훔쳐낸다.

바보… 우리는 이 새벽
어쩔 수 없는 늪에서 허우적이다
아침 맞을 수밖에 없다
몽롱한 시선으로
코끝에 묻어나는
안개향이 좋다고 중얼거리며…

124

겨울 강

겨울 강
안개에게 온몸을 맡기면
가슴이 아리다

두고 온 그대
흔적으로 남아 더한 그리움
어디로 가야 하나

겨울 강은 숨을 죽이고
나는 안개 속에 누웠다.

겨울 바다에서 · 1
– 아직 먼 그대

겨울 바다가 물었다
살기가 힘들더냐고
고개를 저었다

타다 말고 재 되어 버린 불꽃
아득한 모래밭에 슬며시 내려놓으면
파도가 지워 버린 자국마다
상쾌한 통증
매운 해풍이 핥아낸다

땅거미 스멀거리면
먼 바다 오징어 배는
검푸른 수면 위에 보석처럼 떠 있는데
초저녁 하늘에
이름 모를 별 하나 떠가고 있다
아직 먼 그대 향하여

겨울바다가 물었다
그리웁더냐고
고개를 끄덕였다

김동률 시집

겨울 바다에서 · 2
– 너에게 가는 길

겨울 바닷가 작은 마을
낯익은 선술집 목로에서 사내는
아낙이 따라 준
투명한 소주 한 잔 놓아두고
가물한 수평선 눈에 담는다

밤바람보다 시린 가슴 보듬고
지쳐 가는 날
그리운 사람 손잡고
더불어 탈출 꿈꾸는데
천년 바위보다 엄중한 오늘
세월의 흔적으로 부서진
은빛 모래가 부럽다

부딪고 돌아서는 흰 파도
말, 말, 말은 허무한 포말인 듯
손끝으로 느끼는 겨울 바다는
오래된 고향 내음
가슴에 담아놓고
어어이 손사래쳐 부른다

겨울비 창가에서

그대 눈물인 듯하여
가슴이 아리다

창 밖 겨울 하늘에
당신의 말씀이 맴을 돌아도
아무런 말도
하고 싶지 않았다
듣고 싶지 않았다
아니다
할 수도 들을 수도 없었다
하여 담아 둘 뿐이다
숨겨 둘 뿐이다

떠나고 싶다
그리움 모아
잊혀지고 싶은 거다
싸아한 이 아픔조차

128

능소화

가을비에 묻어나는 이별
황홀했던 여름은
간이역에서 헤어지는 연인처럼
미처 떠나지 못하는데
창 너머 하늘이 손짓한다

어제 내린 비바람
울타리 가득 흐드러진 능소화
무더기로 내려앉은 밤
달빛 아래 꽃잎은 그대로이다
흐트러진 모습 보이기 싫은 까닭이다

떠나는 순간
화려했던 한 세상 미련두지 않고
비명보다 침묵하며
환한 미소 그대로 스러지는
너는 내 사랑이다

밤비

구름 낮게 깔린 하늘
비가 내리는데
은행나무 아래 노오랗게 고인 햇살
가을은 그렇게 저문다.

오랜 그리움으로 지쳐
잠 못 드는 머리맡
늙어 버린 라디오가 울어대는
시월의 마지막 밤
가을은 이별을 고한다.

밤비는 추억을 속살거리고
가을은 떠난다.

얼굴

오랜 된 여가수의
'보고 싶다' 는 서러운 시 구절이
빗방울 듣는 창밖에
낙엽과 함께 지고 있다

가냘픈 현에 맺히는 그리움
깨진 유리 조각처럼 가슴에 와 박히고
오랜 기다림에 지쳐
조바심마저 사위었다.

누구도 가르쳐 주지 않았건만
가을비는 그렇게
사랑하는 얼굴을
낮은 하늘가에 속삭이듯 새기고 있다.

너를 잊을 수 없어
다시 헤매는 계절
나는 네가 되고 싶다는
미망으로 또 하루 목이 잠긴다.

세기말 시월의 밤

바람부는 가을 길모퉁이에
너를 남겨두고
떠나는 밤기차의
비명이 자지러진다

시작이 없던 끝
고통은 황홀한 떨림으로
그림자도 남지 않는데
언제부터였을까?
창 밖 거리에는
가난한 연인들의 스산한 발길이
가을 속으로 이어지고
버리고 떠난 공원 의자에
이유를 알 수 없는 아픔만
아릿하게 묻어나고 있다.

100원 짜리 동전 하나로
함께 나누어 마시는
자판기 커피 한 잔마저도

너의 입술이 닿았었기에
충분히 행복하던 때 있었다
바람에 쓸려가고 있는
포플러 낙엽 부서지는 소리에
손바닥으로 전해져 오는
체온이 더욱 그리운 날도 있었다.

아니다 이건 아니다
하여 보지만
세기말 시월은 여지없이
부숴지고 있다.
떠나 버린 밤기차의 흔적보다
더 처량하게……

여름, 어느 아침

천년 사직의 공원
젖빛 산성酸性 안개가
떠돌고 있다.

간 밤 이슬에 젖은
몸뚱아리 추스리려
나비 한 마리
돌담 따라 날아오르다.

후박나무 숲 속에서
작은 새
쏜살같이 내려와
나비를 채갔다.

—이른 새벽
나비의 횡액橫厄—

나뭇가지 사이로
하얀 날개가

팔랑 팔랑
꽃잎처럼 지고 있다.

잠시 후,
매미 소리
공원을 흔들고 있다.
어제처럼

유월의 노래 · 1

− 넝쿨장미

유월, 초록이 묻어나는 아침
창가에 선 처녀의 미소에
햇살이 투명하다
골목 어귀 담장에 흐드러진 넝쿨 장미
무엇을 노래하려나

네가 아니고
내가 아니고 우리로
보듬고 보듬어서 수줍게 살아온 날들
해살거리는 너의 손끝이 곱다

어제보다 더 싱그러운 내일
유백색 안개인 듯
가슴마다 차오르면
우리 오래 지켜야 할 하나
이름 모를 풀꽃더미에 내려놓는다

유월의 노래 · 2
– 은방울꽃

하늘과 땅이
하나로 어우러져 내려앉은 숲길
너는 거기 있다

네 노래
잠든 숲을 깨우기에
너는 은방울꽃으로 사는 거다

너를 기억하는 이 하나 없어도
솔숲 사이로 부는 바람은 알고 있다
상수리 잎새 금빛 햇살은 보고 있다
머리카락 보일까 꼭꼭 숨어도
네 은빛 꽃내음은
나를 적시고 있다

작은 들꽃
이름보다 고운 네 마음을
사람들은 안다

유월의 노래 · 3
– 풀꽃

바다가 거기 있었다. 숨 쉬는 바다
유월 숲 사이로 연초록 파도가 넘실거려
애기똥풀꽃 엉겅퀴 며느리밥풀꽃
함께 떠밀려 가는데
너도 함께 먼 바다로
흐르고 있다.

반가움도 잠시
낯익은 도둑이 훔쳐갈까
엄습해 오는 불안감

나는 너였고
너는 나일 수밖에 없음을
초롱한 별빛 아래
새겨두고 싶은 날
알 수 없는 천고의 인연으로
돌려 두기에 안타까운 시간들

나는 너를 소망하고
너는 내게 낙인을 하고 있다.

7

떠나신 후

떠나신 분 남은 분/ 미당이 떠나던 날
벽 · 벽 그리고 비상/ 수평구(秀平丘) 선생
오, 작은 것의 위대함이여

떠나신 분 남은 분

– 김광림 선생 상배에

당신 손녀 딸보다
더 천진스러운 미소
백발 노시인이
상배喪配를 입었습니다.

그 놈의 전쟁 때문에
명사십리 아름다운 고향 떠나
남녘땅에 홀로 던져진 48년
힘들고 또 힘들어도
시詩 하나로 버틴
선생님만 두고
사모님 먼저 가셨습니다.

바로 이틀 전
파주 웅담 별장 같은 집
아주 건강한 두 분이었는데
어제 서울 나들이 길
당신 먼저 떠나시고
오늘 선생님 홀로 남았습니다.

140

무엇이 그리 급하셨던가요?
선생님 고희 기념 시집 마련해 드리러
찾아간 날
밥 한 끼 못 줬다며 미안해 하셨는데
이틀 후, 흑백 영정 속에서
미소로 다시 만나려 하셨던가요?

부디
어렵고 고단한 이 세상에
다시 오지 마시고
아름답고 또 아름다운 곳에서
시인의 자리 마련하소서.

아직 일흔의
실향한 백발 노시인
김광림 시인
혼자 남으셨습니다.

1998. 9. 7.

─떠나신 분의 명복을 빌고 이틀만에 초췌해진 선생님을 염려하며─

너는 사랑이어라

미당이 떠나던 날

미당이 떠났다네
좋은 소리 나쁜 소리
벼라별 소리 다 듣더니
기어이 떠나고 말았다더라.

〈동천〉 기러기처럼
눈 내린 날
하얀 눈 밟고
훨훨 떠나셨구나.

참 좋으시겠다.
이제 아무런 소리 안 들으셔도 될 터이니
저네들은 살다보면 미당보다
더한 짓거리도 마다 않으면서
미당이라서 욕하였을지도
그래도 선생처럼만 살다 죽으면
나도 원 없겠다.

질마재 신화 속 신부처럼

이승을 접고 떠났으니
다음 죽살이에설랑
꽃가마 타시고
별떨기처럼 살아지이다.

     —선생님, 생전에 유수한 이들이 곁을 지키시기에
      마음만 있었지 병문안 한 번 변변히 못했습니다.

벽 · 벽 그리고 비상

― 안장현 선생님…

교실 한 가득
초롱한 어안魚眼들 모여 있다.
1954년 그때와 아주 다른 2005년 5월
작문 혹은 문학 수업 시간
시인 안장현은 보이지 않는다.
나직하고 우렁찬 함성
오래 묵은 종소리 된다.

피비린내, 벽, 벽, 벽, 무거운 뉘우침과 원죄
전쟁이 휩쓸어 버린 청춘의 그늘
자갈치 시장 좌판에 널브러진 채
나를 향해 겨누었던 눈깔
칸칸에 메워지던 울분 시詩로 다스려 보지만
파도가 노여웠다.

분수를 닮고 싶었다.
아니다, 비상을 하고 싶었다.
나를 바쳐
내일 아침 아름다운 사랑으로 피어난다면

144

세월이여 너랑 오래 함께하고 싶은 거였다.
살매도 수평구도 모두 가 버린 후*
하늘 애기만 같던 천상병의 귀천도 안타까웠다.
그래도 여인이 돼 버린 어여쁜 계집애들
『한글문예』로 태어난 어린 것이
『한글문학』으로 자라주어 고마웠던 일흔
목구멍에 걸린 가래 다시 삼켰다.
하늘은 아직 푸르다.

비 먹은 잔디 제 빛깔 찾는 지혜를 꿈꾸며
분계선 철조망 하나 되기를 빌면서
산의 마음으로 한살이 기도하면서
사랑하는 고향땅으로 돌아간 당신
새와 바람과 구름이 머물다 떠난 숲
이제 우리는 아이가 되어야 한다.
그 숲을 지켜야만 할

교실 한 가득
세상 한 가득

살지도 죽지도 못하고가 아니라
오래오래 살아 비상하였기에
긴 그림자로 남는다.

(2005. 5)

*안장현, 김태홍, 손동인 세 분은 오랜 지기로 1954년 『시문』이라는
동인지를 내었고, 살매 김태홍 선생, 수평구 손동인 선생이 세상을
떠난 후, 안장현 선생 홀로 퍽 쓸쓸해 하시던 모습이 눈에 선하다.

수평구秀平丘 선생
– 스승 손동인 선생님의 명복을 빌며

장질부사에 걸린 지구촌을
두고 떠나는 임의 심사를
빗줄기가 대신하는 밤
스핑크스는 두 눈 부릅뜨고
이집트 피라밋을
아직도 지키고 있다

경상도 합천 땅 삼가 두메에서 나고 자라
왜정 다이쇼 연대 종살이 설움 가슴에 품고
징병 1기생, 청개구리 죽음
광복으로 면하고
6.25 병화 때 남의 처마 밑에서
이슬 피하셨다네.

『문예』로 시단에 발들여
『시문』 동인들과
탁주 한 자배기 끌어 안고
곰비임비 풍랑 많은 세월
밤새워 민족의 설움 토하다가

가도가도 산외산山外山의 연속
밤을 앞에 앉혀 놓고
풀어야 할 사설 많아
천 가닥 만 가닥 사연도 많아
산문으로 입양하셨다네.

조물주의 무성의로
천하의 추남이요
골곤의 귀면鬼面이라 자처하면서도
추남에서 오는 희비상반喜悲相半의
신명난 풍악 잡히시는
뚝배기 장맛처럼 구수한
인간 손동인
순박한 조선의 얼굴 그대로이다.

아이들과 더불어 살고
제자들과 더불어 가르치고
고담준론에 밤새워 술 마시고
언제나 수줍은 새악시로

겸양과 겸손, 몸으로 말씀하시다
세상 더러운 꼴 보시면
자글자글 혈압을 올리다가
혹은 풀고
혹은 맺고
고집스런 조선의 선비.
개무덤 만들어 생명 사랑 가르치던
참스승 영전에
박주 일배로 회한을 달래볼 밖에…

스핑크스는 피라밋을 지키고
별이 보이지 아니 하는 이 밤에
수평구秀平丘 선생
천하대장군으로 남아 우리를 지키고 있다.

　　　　─참 스승 손동인 님의 영전에 이 글을 바치며 명복을 빕니다. 아울
　　　　러 작품 중의 일부는 선생님의 단편집《人間景品》의 발문(跋文)
　　　　〈나의 구도(構圖)〉 중 일부를 인용하였음을 밝힌다.

오, 작은 것의 위대함이여

– 앙리 뒤낭에게 바치는 시

푸른 하늘 아래 넘실대는
아득한 저 바다의 시작은 작은 샘
이글대는 태양을 머리에 이고 선
우뚝 솟은 태산의 처음은 한 줌 흙
작고 작은 것이 모여 크고 큰 것 이루니
오오, 작은 것의 위대함이여
솔페리노 아름다운 언덕에
햇살 눈부시게 쏟아지던 날
고요는 사라지고 포연 가득하더니
들판은 시체로 덮여 산을 이루고
마른 웅덩이마다 핏물 고였다.
흩어진 두개골 터져 버린 심장
통증과 절망의 아우성 속에
하늘도 핏빛 눈물을 흘린다.
그 해 여름 솔페리노는
더 이상 평화의 땅이 아니었다.
하늘도 노해 버린 대살육의 전장
아비규환의 가증한 지옥이었다.
광막한 살륙의 들판에 황혼이 지고

150

고통으로 신음하다 죽어 가는 영혼들
까스틸료네를 지나던 젊은 나그네
가던 길 멈추고 절망의 언덕에 섰다
시체로 뒤덮인 언덕에서 밤을 새우며
구원의 손길을 부르는 부상자들의
피 흐르는 상처를 동여 매어주며
허망한 생명에 소리 없이 눈물 뿌리네
'죽고 싶지 않아요. 살고 싶어요'
절규에는 적도 아군도 없어라
'아, 모든 사람은 형제이다'
피바람이 지나간 처참한 전장에서
한 생명이라도 더 구하려
온 마을이 함께 나서는 것은
산 자의 의무요 당연한 도리이며
열정의 헌신이고 숭고한 인류애였다.
우리들 추한 욕심과 이기심이 지어낸 전쟁
자기 방어를 빙자한 정당화된 살인장
이름도 얼굴도 모르는 사람들끼리
한 가닥 미움도 증오도 없던 이들이

아무런 이유도 영문도 모른 채
왜 서로 찌르고 피 흘려야 하는가.
부모의 주검 곁에 철모르는
어린 천사의 울부짖음이여
자식의 싸늘한 시신 부둥키고
넋 놓아버린 부모의 피눈물이여
아직도 곳곳에서 피 흘리며 죽어가는 사람들
끊임없이 이어지는 또 다른 솔페리노 전쟁터
탐욕과 쾌락의 더러운 포만 저 편에
질병과 기아로 숨져 가는 형제들이 있다.
우리가 먹다 흘리는 빵 부스러기는
주려 죽어 가는 형제들의 생명을 살리고
함부로 흘려 버린 물 한 동이가
지구 저 편에선 귀중한 생명수가 되는데
한 알의 항생제, 한 방울의 피만 있으면
함께 살 수 있음에도 가난으로 숨 거두는
우리들 착한 이웃, 우리 천사들의
서러운 주검의 행진이 오늘도 이어진다.
아 앙리 뒤낭, 인류가 존재하는 한

152

오래 기억되어질 젊은 나그네
오늘 우리는 그가 필요하다
오늘 우리는 그가 더욱 그리운 때이다
그의 작은 몸짓 그러나 큰 사랑 큰 열정
인류의 영원한 이상, 희망이어라
아아, 모든 사람은 형제
국적이 다르고 피부 색깔이 달라도
무엇을 믿든지 이념이 어떠하든지
정열과 사랑과 자비와 관용으로
헌신하고 희생하며 구원의 손길
내밀어야 할 우리는 한 형제
인도와 공평, 중립과 독립,
봉사와 단일, 보편의 원칙 아래
사랑과 봉사의 정신으로
이웃의 고통을 덜어주며
인류 평화를 지켜 나가야 할
우리는 형제, 형제, 형제이다.

모든 사람은 형제이니

어려움을 극복할 수 있는 정열이 있고
서로에게 모든 걸 나눌 수 있는 자비와 관용이 있다.
모든 사람은 형제이니
함께 사랑을 나눌 수 있는 친선이 있고
나보다 다른 이를 위하는 헌신과 희생이 있다
모든 사람은 형제이니
남는 것으로 모자람을 채우고
부족한 곳 더 채우는 구원이 있다
한여름 수많은 잎새로
그늘 드리우는
수백 년 아름드리 나무들도
한 작은 씨앗으로 시작 이루었으니
오오, 작은 것의 위대함이여
오오, 작은 것의 위대함이여

— '적십자 칸타타' 로 서울 음대 류재준 교수가 작곡하여 1999년 6월
30일 KBS교향악단 초연함. 국제적십자사 공식 칸타타로 지정됨.

신석주 作/ 淸風明月, 바람 부는 날/ 44×31Cm, Watercolor on paper, 2011

그림설명
서울이란 도시에 오랫동안 살면서 집 앞 나무가 뿌리 채 뽑히는 날을 맞았다. 두려움에 떨던 마음으로 작업실에 도착하여 이 그림을 그렸는데, 그림 속에는 두려움이 없다. 구월구일 아니더라도 백의동자 날 찾아 와 술 한 잔에 어느새 작업실이 청풍명월이 된다.ⓒ 신석주, 2012

시로 사는 나

―김동률 시집《너는 사랑이어라》를 읽고

김광림*

　오랜만에 두 번째 시집《너는 사랑이어라》를 출판하게 된 김동률 시인의 작품들을 살피다 보니 선뜻 눈에 띄는 것이 있었다. 〈강 건너〉라는 시였다.

　　손짓하면 닿는 땅
　　은밀한 속삭임조차
　　들릴 수 있는 거리.
　　조금만 더 가면
　　우리는 하나인데

---

*김광림(金光林, 1929. 9. 21~) : 해학·풍자·유머·위트를 지닌 아이러니스트, 시인 김광림은 18세에 단신 월남하여 북쪽 고향에 두고 온 가족들에 대한 한恨과 그리움을 시로 승화시킴. 60여 년 간의 시작詩作 활동 중 아시아 시인들 간의 활발한 시의 교류를 위해 힘써 왔던 한국시단의 원로이시고, 한국시인협회 회장을 역임했으며 대한민국 문학상, 한국시인협회상, 보관문화훈장을 비롯해 수많은 상을 받으신 문단의 어른이심. 시집《상심하는 접목》(백자사, 1959),《갈등》(문원각, 1973),《언어로 만든 새》(문학예술사, 1979),《앓는 사내》(한누리미디어, 1998) 등과 전봉건·김종삼·김광림 합동시집《전쟁과 음악과 희망과》(자유세계사, 1957), 문덕수·김종삼·김광림 합동시집《본적지》(성문각, 1968)을 비롯하여 18권의 시집과 여러 권의 평론집 그리고 시론집을 펴냄.

156

아직도 못 건너는 강을

물새 한 마리

날~

~고

~~ 있다.

– 〈강 건너〉 전문

　오두산에서 임진강을 바라보며 얻은 이 시를 보며 나는 아직도 돌아가지 못하는 고향이 떠올랐다. 남북을 분단하고 있는 이 강을 60여 년이 되도록 건너지 못하고 있기 때문이다. "은밀한 속삭임조차/ 들릴 수 있는 거리./ 조금만 더 가면/ 우리는 하나인데"라는 구절이나, 나는 "아직도 못 건너는 강을/ 물새"들은 자유롭게 날아 건너는 모습은 가슴이 무너질 듯한 충격을 안겨준다. 내가 열여덟에 외톨로 남쪽으로 와서 가족들의 소식도 통 모른 채 저승에 갈 때가 다가온 것을 의식하면서 견디고 있는 것은 바로 시詩 때문이었다.

　시詩가 아픔을 근본적으로 치유는 못해도 발상법 여하에 따라 구원은 받을 수 있었기 때문이다. 시작 방법상의 테크닉이랄까, 시 정신의 소재 때문이랄까, 아무튼 해학·풍자·유머·위트 등을 거머쥔 아이러니가 작용한 데서 그것이 가능해졌다고나 할까. 아이러니가 순수한 문학상의 현상으로 나타난 것은 18세기 후반부터의 일인 것 같다. 새로운 세계관의 발전에 호응하여 아이러니도 새롭고 폭 넓은 기능을 지니게 되었다. 인생에 대한 '닫힌 세계관'에서 새로운 '열린 세계관'으로 바뀜에 따라 과학적인 태도와는 상반되는 낭만

주의의 출현과 더불어 아이러니는 세계에 대한 인간들의 반응 방법으로서 더욱 주목을 받기에 이른 것 같다. 이와 같은 견해를 바탕으로 지금 세계에서 풍자적, 역설적 아이러니의 정신과 감각은 인생에서 긍지를 뛰어넘는 수단으로 없어서는 안 되는 것이 되어가고 있다.

시가 따분하고 괴로운 현실을 따분하지도 괴롭지도 않게 해 준다는 아이러니는 추한 현실의 모순과 부조화를 이상야릇한 쾌감으로 용솟음치게 하는 가장 뛰어난 방법론이라 아니 할 수 없다. 김동률의 시 〈어떤 가난〉이나 〈고향〉 연작시 일부, 〈도시 풍경〉 등에서 그런 것을 보여주고 있다.

나는 참 행복하다.

금융실명제가 아무리 실시되더라도 조금도 걱정이 안 된다. 우리나라 대통령이 '가진 자'는 고통스럽고, '없는 자'가 불편하지 않는 나라를 만드시는 까닭에, 사채 시장에서 돈을 빌어다 부도 막을 회사를 갖지 않았고, 담보 내걸고 문턱 높은 은행에서 대출을 구걸하지 않아도 좋으며, 사원 명의로 비자금을 수억 원 맡긴 탓에 법정 싸움에 골치 앓을 필요가 없고, 자금 출처를 조사당할 일도 없으며, 가명 예금을 실명으로 전환하러 복잡한 은행에 가서 눈치 안 봐도 된다.
이런 나를 두고 사람들은 얼간이라고 칭찬한다.

－〈어떤 가난〉 중에서

전혀 알아들을 수 없는 소리만
웅얼거리는 손자

새카만 자가용 타고 오는 아들
속살 훤히 비쳐 남세스런 며느리
올해도 길 막혀 못 오고
비행기 타고 여름 찾아가는 명절

깨알 같은 문자
눈 비비고 보던 날
꿈에 보았다.
보고 싶은 아들 내외와 손주를
그래서 고마운 늙은이들은
푸르고 붉은 고추 따며
택배 보낼 마음으로 흐뭇하다.

– 〈고향·10〉 중에서

　우리는 흔히 시에는 감동이 있어야 한다고 말한다. 이때의 감동은 시를 통해 심적인 충동을 받는 상태라고 말할 수 있다. 다시 말하면 마음을 울리게 하는 일인 것이다. 이 마음을 울리게 하는 것은 '읍泣', '명鳴', '향響' 등의 세 가지 요소를 두고 말할 수 있는데 호소력이 심정적일수록 '읍泣'에 기울고 사고적일수록 '명鳴'에 가까워진다고 볼 수 있다. 그리고 '향響'은 '명鳴'을 넘어 아이러니를 통해 진실을 담아 울림을 주는 것이다. 우리나라 현대 초기시에 있어서 시인들은 대체로 독자를 '읍泣'을 통해 울렸으며 그 울림 정도에 따라 작품을 평가하였다.

　김동률 시인의 시 〈사랑해〉에서 그는 눈물겹도록 행복한 심정을 토로하고 사람들의 마음을 울리게 하고 있다.

햇살 투명하게
빛나는 날이거나
꽃보라 안개처럼
내려앉는 날이면
그대 생각만 하였네.

달빛 한 아름
별빛 한 소쿠리
그대 가슴에 안겨주고 싶었네.

비 오고 바람 불어도
그대, 그대만
곁에 있어 주시면
눈물나도록 행복할 거라네

– 〈사랑해〉 중에서

    아내를 여의고 10여 년이 된 나는 이 시인의 연애 지상주의적인 감정에 잠시 어리둥절하였다. 그러나 지금 그런 사랑을 지니지 못한 나는 만년을 외톨로 버티면서 '명鳴'에서 '향響'으로 지향하고 있는 것이다. 김동률 시인은 '읍泣'과 '명鳴' 그리고 '향響'을 두루 지향하고 있었다.

    내가 관심을 가지고 있는 시에는 두 가지가 있다. 하나는 언어가 썩 잘 다듬어진 시, 다시 말하면 표현에 기여하지 않는 언어는 결코 사용치 않고 자상하게 매만져서 맵시를 낸 것을 말하고, 또 하나는 오브제를 대담하게 찍어낸 작품을 말한다. 터치가 좀 거칠더라도 대상을 새롭게 드러내 보이는 언어표현의 시가 그것이라 하겠다. 김동률의 시 〈대~한민국〉, 〈도시풍경〉, 〈경고〉, 〈안개 속에서〉, 〈겨울 편지 · 2〉 등 여러 곳에서 대상들은 새로운 모습으로 등장한다. 시어를 다듬기보다는 소리나는 그대로 대상을 새롭게 해석하는 시도를 하고 있다.

가도못하고
오도못하고
갇혀버렸다
젖빛가슴에
손을저으면
흩어지려다가
다시묻어난다
그것은분명한암시

너와 나는
이 밀림 속에서
그렇게 만나고 다시 갈린다.

– 〈안개 속에서〉 전문

지금까지 우리 시는 대체로 목청을 가다듬거나 말을 잘 다듬는 일에만 많이 몰두해 있었던 것 같다. 그 성과는 너무도 시적인 시에서 찾아볼 수 있는데 시는 산 속에서 홀로 울듯이 그저 쓰고 싶어서 쓰면 된다. 나를 두고 근래 일본의 시인들이 〈한국의 율리시즈 金光林에게〉와 〈한국의 율리시즈 金光林 시인론 · 작품론〉을 낸 바 있는데 그 속에서 한 여류 시인은 '그는 생생한 비극을 비극으로서 숨기는 게 아니라 그것을 고통스런 웃음거리, 스스로의 어둠이 깊기 때문에 마치 희극처럼 유머로 바꿀 때―반도의 찢긴 무참한 현실의 아픔을 응시, 잠시도 그곳에서 도망치지 않고 농담을 하며 웃는 얼굴을 짓는다. 그와 만나고 있을 때 따뜻하고 웃는 얼굴로 지구를 전 인류를 통째로 보듬은 듯한 대범함에 얼마나 다행스럽고 행복한지 모른다' 라고 뇌까리고 있다.

　이쯤에서 집도 절도 마누라도 고향도 잃은 채 팔순이 넘도록 살아온 것은 바로 시 때문이 아니었을까 싶어진다. 김동률 시인은 〈떠나신 분 남은 분〉이라는 집사람 상배시를 통해 지금껏 살아있는 외로운 나를 이렇게 위로하고 있었다.

　　당신 손녀 딸보다
　　더 천진스러운 미소
　　백발 노시인이
　　상배喪配를 입었습니다.

　　그 놈의 전쟁 때문에
　　명사십리 아름다운 고향 떠나
　　남녘땅에 홀로 던져진 48년
　　힘들고 또 힘들어도
　　시詩 하나로 버틴
　　선생님만 두고

사모님 먼저 가셨습니다.

…(중략)…

부디
어렵고 고단한 이 세상에
다시 오지 마시고
아름답고 또 아름다운 곳에서
시인의 자리 마련하소서.

아직 일흔의
실향한 백발 노시인
김광림 시인
혼자 남으셨습니다.

– 〈떠나신 분 남은 분〉 중에서

인사동에 위치한 카페 '귀천'에서 김광림 시인과 함께

너는 사랑이어라

김동률 시집
너는 사랑이어라
·

지은이 / 김동률
발행인 / 김재엽
발행처 / 한누리미디어
디자인 / 지선숙
·

121-840, 서울시 마포구 잔다리로 35 서원빌딩 2층
전화 / (02)379-4514, 379-4519
Fax / (02)379-4516
E-mail/hannury2003@hanmail.net
·

신고번호 / 제300-2006-61호
등록일 / 1993. 11. 4
·

초판발행일 / 2012년 12월 5일
·

ⓒ 2012 김동률 Printed in KOREA
·

값 10,000원
·

※잘못된 책은 바꿔드립니다.
※저자와의 협약으로 인지는 생략합니다.
·

ISBN 978-89-7969-435-2 03810